Joaquín y los
frijoles encantados

Joaquín y los frijoles encantados

Ilustraciones de MATT FAULKNER

SCHOLASTIC INC.

New York Toronto London Auckland Sydney

En memoria de
Tiki, Duke y Maggie
—M.F.

Original title: *Jack and the Beanstalk*

Text copyright © 1965 by Scholastic Books, Inc.
Illustrations copyright © 1986 by Matt Faulkner.
Spanish translation copyright © 1993 by Scholastic Inc.
All rights reserved. Published by Scholastic Inc.
Art direction/design by Diana Hrisinko.
Printed in the U.S.A.
ISBN 0-590-48063-4

6 7 8 9 10   23   3 4 5 6 7/0

HABÍA UNA VEZ
una mujer vieja y pobre que
tenía un hijo llamado Joaquín.

5

Tenía también una vaca llamada
Copito de Nieve
y eso era todo lo que tenía.

Copito de Nieve daba leche todos los días,
y todos los días la mujer le decía a Joaquín:
—Ve a vender la leche y trae algo de dinero a casa.
Y así lo hacía el niño. Y éste era el único dinero que tenían.

Una mañana la vaca no dio leche.
—Tenemos que vender la vaca —dijo Joaquín.
—Pues llévatela, véndela y trae algo de dinero —dijo su mamá.
Así fue que Joaquín tomó a Copito de Nieve y se marchó con ella.

Al poco rato se cruzó con un anciano en el camino. —Buenos días —dijo el anciano—. ¡Qué vaca tan linda tienes! ¿Quieres venderla?

—Sí —dijo Joaquín—. ¿Me la compra?

—Claro que sí —respondió el anciano.

—¿Cuánto me da por ella? —preguntó Joaquín.

—Tengo algo mejor que dinero —le dijo el anciano.

—¿Qué puede ser mejor que el dinero? —preguntó Joaquín.

—Mira —le dijo el anciano.

—¡Frijoles! —exclamó Joaquín al verlos.

—Sí. Dame la vaca y te daré cinco frijoles.

—No quiero sus frijoles —dijo Joaquín.

9

—Pero estos frijoles son frijoles encantados —le aseguró
el anciano—. Si los siembras hoy, mañana habrá
crecido un tallo tan alto que llegará hasta el cielo.

—¿De veras? —dijo Joaquín.

—Claro que sí —afirmó el
anciano—, y si no, te devolveré la vaca.
Así fue que el hombre se quedó
con la vaca. Joaquín cogió los frijoles
y se fue a casa corriendo.

—¡Mamá! ¡Mamá! ¡Mira lo que me dieron
por la vaca! —exclamó al llegar.

—¡Muy bien! —dijo la mamá—. Dame el dinero.

Joaquín le mostró los frijoles.

—¡Frijoles! —exclamó ella.

—Son frijoles encantados
—le explicó Joaquín.

11

—¿Vendiste la vaca por cinco frijoles?
¿Cómo puedes ser tan bobo? —dijo su madre—.
¡Toma! ¡Para que aprendas!
Y cogió los frijoles y los tiró por la ventana.

Esa noche Joaquín se acostó sin comer.
Su mamá tampoco comió. No tenían dinero.
No había nada que comer.

"Pobre mamá", pensó Joaquín.
"¡Y pobre de mí!", se dijo.
Hasta que por fin se quedó dormido.

13

Cuando Joaquín se despertó,
su cuarto se veía diferente.
El sol brillaba por una ventana,
pero la otra estaba cubierta de hojas verdes.
    Joaquín corrió a mirar por la ventana.
Y... ¿qué creen que vio?

Pues vio una enorme planta de frijoles.
Una planta de frijoles tan alta, tan alta,
¡que llegaba hasta el cielo!

—¡SON frijoles encantados!
—exclamó Joaquín—.
¡Es una planta de frijoles encantados!
Y diciendo así, saltó y se trepó a la planta.

15

Trepó
y trepó
y trepó
y trepó.

Por fin llegó al cielo y vio un largo camino.
El camino seguía y seguía hasta muy lejos.
Así fue que Joaquín caminó y caminó y caminó.

Llegó hasta una casa inmensa y muy alta.
Frente a la casa encontró a una mujer altísima y grandota.

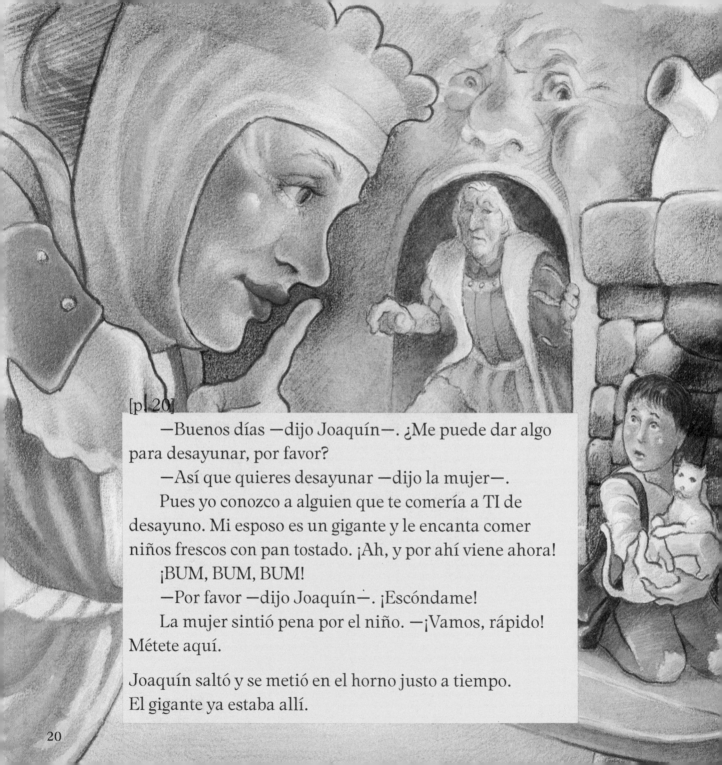

[p. 20]

—Buenos días —dijo Joaquín—. ¿Me puede dar algo para desayunar, por favor?

—Así que quieres desayunar —dijo la mujer—. Pues yo conozco a alguien que te comería a TI de desayuno. Mi esposo es un gigante y le encanta comer niños frescos con pan tostado. ¡Ah, y por ahí viene ahora!

¡BUM, BUM, BUM!

—Por favor —dijo Joaquín—. ¡Escóndame!

La mujer sintió pena por el niño. —¡Vamos, rápido! Métete aquí.

Joaquín saltó y se metió en el horno justo a tiempo. El gigante ya estaba allí.

—¡Mmm! ¿Qué huele tan rico? —dijo el gigante—.
Huele rico. Muy, muy rico.
Aquí huele a muchachito.
Vivo o muerto lo moleré
y con pan me lo comeré.
—No, mi buen esposo —dijo la esposa del gigante—.
Debe ser el olor del niño que te comiste ayer.
No seas bobo. Siéntate y desayuna.

Por una rendijita de la puerta del horno
Joaquín observaba al gigante.

El gigante tomó su desayuno. Luego sacó dos bolsas de oro y comenzó a contar las monedas.

Al cabo de un rato, el gigante sintió sueño. Comenzó a cabecear y se puso a roncar. Roncaba tan fuerte que la casa temblaba como un flan.

Entonces, Joaquín saltó fuera del horno.

Agarró una de las bolsas de oro y echó a correr y
correr hasta que llegó a la planta encantada.

La bolsa de oro pesaba tanto que Joaquín la dejó caer.
La bolsa cayó
　　y cayó
　　　y cayó
hasta que fue a dar al jardín de su mamá.

Joaquín bajó y bajó hasta
que por fín llegó a su casa.

—¡Mamá! ¡Mamá! ¡Mira lo que te traigo! —dijo mostrándole la bolsa repleta de monedas de oro. Durante mucho tiempo Joaquín y su mamá vivieron en la abundancia.

Don Barry
ALBAÑIL

Pero un día se les acabó el dinero.

—Bien —le dijo Joaquín a su mamá—.
Probaré suerte otra vez.

—Entonces se trepó de nuevo a la planta de frijoles
y subió
y subió
y subió.
Y por fin llegó al gran camino.

27

Y encontró otra vez aquella casa inmensa y muy alta. Y frente a la casa estaba la mujer altísima y grandota.

—Buenos días —le dijo Joaquín muy decidido—. ¿Me puede dar algo para desayunar?

—¡Eres el muchacho que estuvo aquí antes! —exclamó la mujer altísima y grandota.

—Seguro que sabes qué pasó con la bolsa de oro que el gigante perdió aquel día.

—Puede que lo sepa —respondió Joaquín—. Pero tengo tanta hambre que no se lo puedo contar. —Vaya, pues te daré algo de comer —dijo la mujer.

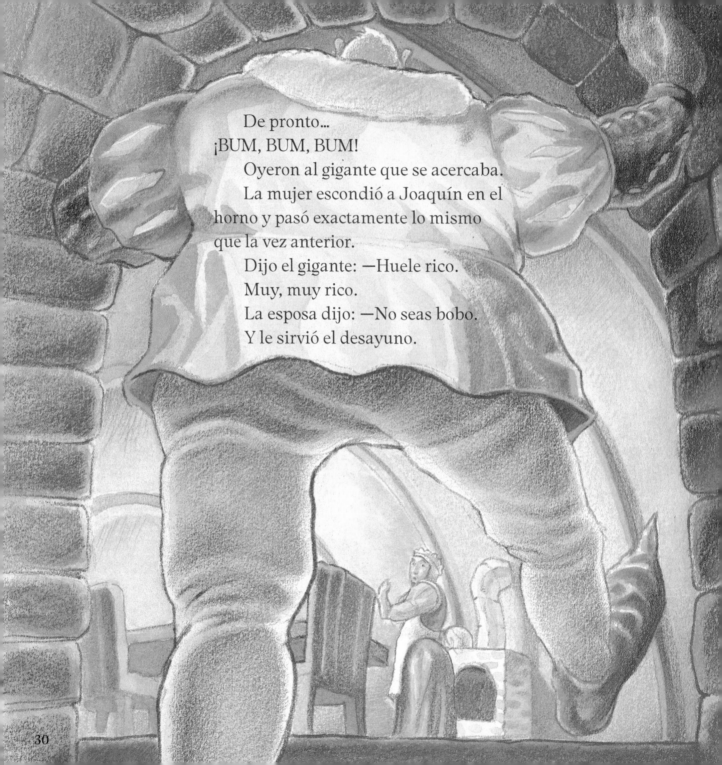

De pronto...

¡BUM, BUM, BUM!

Oyeron al gigante que se acercaba.

La mujer escondió a Joaquín en el horno y pasó exactamente lo mismo que la vez anterior.

Dijo el gigante: —Huele rico.

Muy, muy rico.

La esposa dijo: —No seas bobo.

Y le sirvió el desayuno.

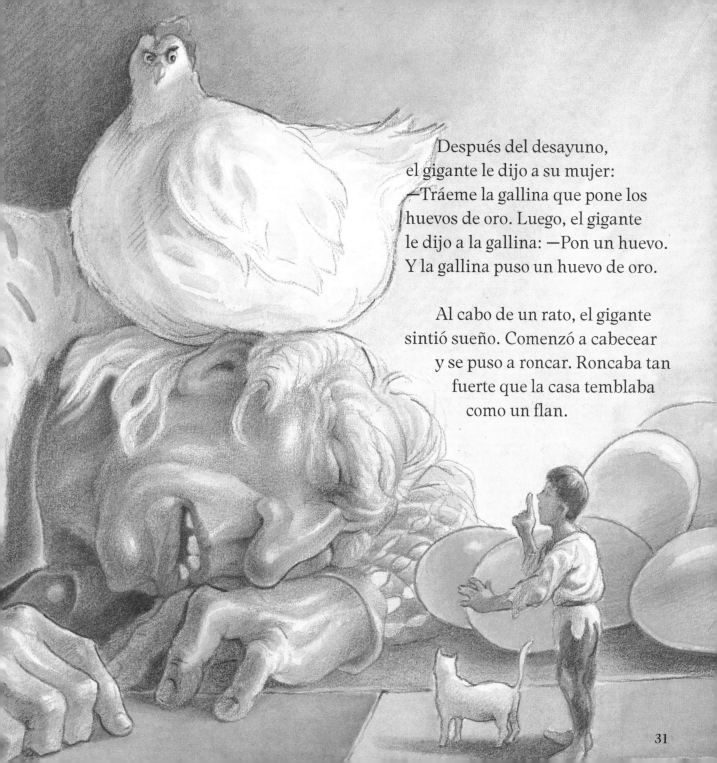

Después del desayuno,
el gigante le dijo a su mujer:
—Tráeme la gallina que pone los
huevos de oro. Luego, el gigante
le dijo a la gallina: —Pon un huevo.
Y la gallina puso un huevo de oro.

Al cabo de un rato, el gigante
sintió sueño. Comenzó a cabecear
y se puso a roncar. Roncaba tan
fuerte que la casa temblaba
como un flan.

Joaquín saltó del horno, agarró la gallina y salió corriendo.
Pero la gallina cacareó y despertó al gigante. Joaquín oyó
al gigante que decía: —Mujer, mujer, ¿qué has hecho con mi
gallina de los huevos de oro?

Pero eso fue lo único que Joaquín oyó. Corrió hacia
la planta de frijoles y bajó a toda velocidad hasta su casa.

—¡Mamá! ¡Mamá! —gritó al llegar—.
Mira lo que traigo.

Joaquín le mostró la gallina a su mamá.

—Pon un huevo —le ordenó Joaquín,
y la gallina puso un huevo de oro.

Cada vez que Joaquín
decía "Pon un huevo",
la gallina ponía
un huevo de oro.

Un día Joaquín le dijo a su mamá:
—Quizás el gigante tenga más cosas
valiosas. Voy a probar suerte otra vez.
Saltó a la planta de frijoles
y trepó
y trepó
y trepó.

Por fin llegó hasta arriba.

Esta vez Joaquín no fue derechito a la puerta de la casa del gigante. Se escondió detrás de un arbusto y vio a la esposa del gigante, que bajaba por el camino a buscar agua.

Joaquín se deslizó dentro de la casa y se escondió en una enorme olla.

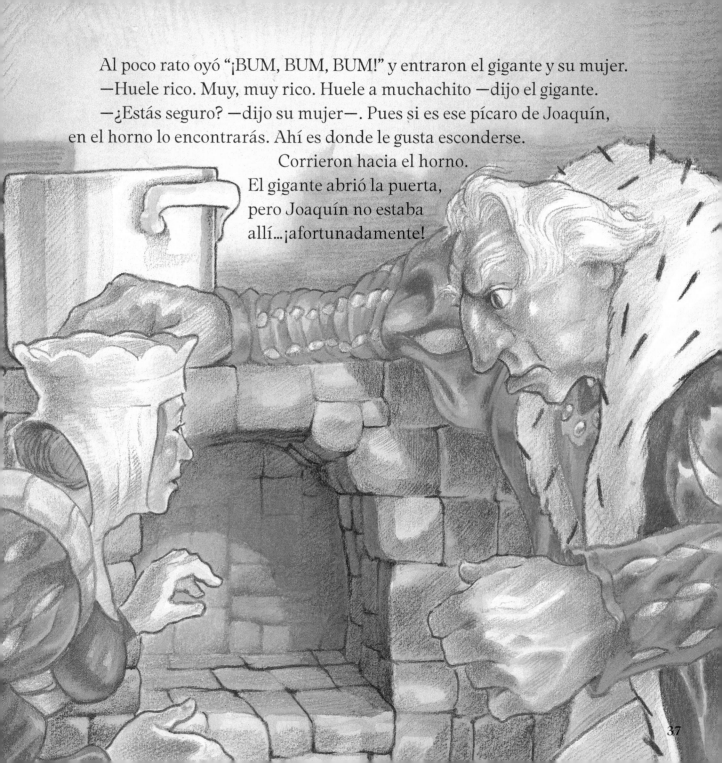

Al poco rato oyó "¡BUM, BUM, BUM!" y entraron el gigante y su mujer.

—Huele rico. Muy, muy rico. Huele a muchachito —dijo el gigante.

—¿Estás seguro? —dijo su mujer—. Pues si es ese pícaro de Joaquín, en el horno lo encontrarás. Ahí es donde le gusta esconderse.

Corrieron hacia el horno. El gigante abrió la puerta, pero Joaquín no estaba allí...¡afortunadamente!

—¡Pero qué bobo eres! —dijo la esposa del gigante—. Debe ser el olor del niño que te comiste ayer. Siéntate y desayuna.

El gigante se sentó a comer. Pero se levantó varias veces para ver si encontraba a Joaquín. Buscó por todos lados, pero por suerte no miró dentro de la enorme olla.

Cuando terminó su desayuno, el gigante le dijo a su esposa: —Tráeme mi arpa dorada.

Su mujer le llevó el arpa y la puso en la mesa.

—Canta —ordenó el gigante.

El arpa dorada se puso a cantar.

Hasta que por fin el gigante sintió sueño.
Comenzó a cabecear y a roncar.
Roncaba tan fuerte que la casa
temblaba como un flan.

Entonces Joaquín salió de la olla donde
se había escondido. Calladito como un
ratoncito, se acercó a la mesa, se subió por
una pata y...¡agarró el arpa! Luego se bajó
de la mesa y echó a correr.

Pero el arpa comenzó a gritar: —¡Señor! ¡Señor!
El gigante se despertó justo a tiempo para ver
a Joaquín salir corriendo con el arpa.

Joaquín corría tan rápido como podía.
El gigante venía corriendo detrás de él.
    Luego saltó a la planta encantada y empezó a bajar.
        Y bajó
            y bajó
                y bajó.

El gigante se detuvo. Le daba miedo la idea de bajar
por la planta de frijoles.

Mientras, el arpa seguía gritando: —¡Señor! ¡Señor!

Entonces el gigante saltó a la planta de frijoles y empezó a bajar cada vez más rápido.

Pero Joaquín le llevaba la delantera.

—¡Mamá! ¡Mamá! —gritó—. ¡Tráeme el hacha! ¡El hacha, pronto!

La mamá llegó corriendo con el hacha en la mano y al ver los enormes pies del gigante se asustó.

Estaba tan asustada que no podía moverse.

Cuando llegó al suelo, Joaquín tomó el hacha y le hizo un enorme corte al tallo.

El gigante sintió que la planta temblaba.

Joaquín le dio otro fuerte hachazo y la planta
se derrumbó.

La planta de frijoles cayó al suelo y
el gigante también. Y ahí se acabó el gigante.

Entonces Joaquín mostró el arpa dorada a su mamá.

La gente pagaba dinero por oír el canto del arpa. Además, cada día la gallina ponía un huevo de oro. Así fue cómo Joaquín y su mamá se hicieron muy ricos y vivieron felices el resto de sus días.